26187

UN DE MES SONGES,

OU

QUELQUES VERS SUR PARIS,

UN DE MES SONGES,

OU

QUELQUES VERS SUR PARIS,

PAR LOUIS LEMERCIER.

Virtus est, vitium fugere; et sapientia prima,
Stultitiâ caruisse.

HORAT. lib. I, Épist. I.

A PARIS,

Chez RENOUARD, Libraire, rue André-des-Arcs, n 42.

AN 10.—1802.

UN DE MES SONGES,

OU

[QUELQUES VERS SUR PARIS.]

L'AUTRE nuit, que ronflant sur le plus mol écrit
Dont jamais d'un Cotin pût accoucher l'esprit,
De pesantes vapeurs l'ame toute obsédée,
Plein de mots doucereux, je dormais sans idée,
Un songe me tira de ma fade langueur :
ARISTOPHANE vint et ranima mon cœur.

   Je reconnus son masque et les ris de sa Muse,
Des vices de son temps implacable Méduse ;
Mais du sang de Socrate il me parut noirci.
« Retourne vers Minos : que viens-tu faire ici ?
Lui dis-je : me souffler ta colère et ta bile ?
« Long-temps de tes bons mots l'amertume subtile
« Versa dans mon esprit ta maligne gaîté :
« Mais j'eus horreur de toi, lorsqu'en chien irrité,
« Dépouillant sans pudeur tout voile allégorique,
« Tu blessas la vertu d'une dent satirique ;
« Qu'Euripide en lambeaux, chez toi parodié,
« De son parterre ingrat se vit humilié ;

« Que ta fange envieuse éclaboussait sa gloire,

« Tache qui rejaillit sur ta propre mémoire.

« Le vulgaire abreuvait, en t'élevant au ciel,

« Un sage, de ciguë ; un poète, de fiel :

« Mais le juste public dut mépriser ton ame ,

« Et sa voix aujourd'hui les venge, et te diffame.

« Pèse tous les mortels et le prix qu'ils ont eu ;

« Point de solide honneur, après soi, sans vertu :

« Principe du vrai beau, fondement des suffrages,

« La vertu fait durer les noms et les ouvrages.

« Moi, qui, jadis enclin à sonder les travers,

« De me moquer de tous prenais le goût pervers ;

« Je m'aperçus bientôt qu'en les raillant en face

« Ma vanité riait de la triste grimace

« Des hommes que ma langue attaquait avec feu ;

« Moins pour les éclairer que pour briller un peu :

« Depuis que ma pitié, mieux instruite par l'âge,

« Sait quel trouble pénible exprime leur visage,

« Je retiens par bonté, plein d'embarras confus ,

« Le sarcasme aiguisé, que je ne lance plus ;

« D'un timide muet j'ai souvent l'apparence

« Quand d'un présomptueux babille l'assurance ;

« Et ma pudeur, laissant le ridicule agir,

« Rougit par fois du mot qui le feroit rougir.

« Quelques-uns, s'adressant ce que je pus écrire,

« Se crurent persifflés ; leur orgueil me fit rire :

« Puis-je empêcher qu'un sot ne coure se placer

« Sous le trait qu'à des sots ma Muse veut lancer ?

« Tel qu'on n'aperçoit pas se croit lui seul en vue.

« Hélas ! qui distinguer dans l'épaisse cohue ?

« L'un à l'autre pareils et de mœurs et d'habits,

« Tous nos bons citadins ressemblent aux brebis.

« Mais va-t'en. C'en est fait, j'abjure la malice.

« —Toi ? —Moi-même. —Pourquoi ? Tu détestes le vice.

« Crois-moi ; pour le guérir mes remèdes sont sûrs.

« Purge l'air de Paris de ses venins impurs ;

« Que ta Muse plus libre ose tout sur la scène.

« Tu vis sous PÉRICLÈS, prends donc l'esprit d'Athène.

    « J'eus tort, et j'en conviens, quand par un lâche affront

« Du génie insulté je fis pâlir le front,

« Et même, avant la mort payant ces barbaries,

« Je passai plus d'un tour sous le fouet des Furies :

« Mais crois-tu que chez nous on ne se leurra pas

« Sur l'affiche des lois dont je riais tout bas ?

« Nos citoyens, moins fins que tu ne les supposes,

« Prenaient cuivre pour or, et les mots pour les choses :

« C'est alors qu'on m'a vu justement applaudi,

« Quand, chaussant au théâtre un brodequin hardi,

« J'osai représenter sous des traits de démence

« Le Peuple, sot vieillard, dont on berne l'enfance ;

« Ses appétits gourmands, et ses jeux hébétés,

« Et les plats qu'on lui sert par la ruse apprêtés ;

« Sa maison, triste emblème, où ses chefs les plus braves,

« Chevaliers dégradés, gémissaient en esclaves.

« Le charcutier, rival du noble corroyeur,

« Y briguait le haut rang de son seul pourvoyeur*.

« Là, leur orgueil sans fard, leur bruyante éloquence

« Qu'appuyaient les poumons et la rude insolence,

« Des suprêmes emplois se disputant le prix,

« Citaient en leur faveur leurs titres au mépris.

« Toujours à s'enrichir l'injustice assidue,

« Toujours en plein marché la liberté vendue ;

« Témoignaient que soumis à ses fiers serviteurs,

« Dès que le peuple est roi, le peuple a des flatteurs.

« Rajeuni tout-à-coup il chassait leur sequelle,

« Et d'autres le dupaient, comédie éternelle.

   « Voilà comme autrefois ma Thalie en courroux

« Aux fripons redoutés fit redouter ses coups.

« Toi donc, en ta cité folle, aveugle et profane,

« Prends ma férule en main : imite ARISTOPHANE.

   — « Dieu m'en garde ! lui dis-je : au milieu de Paris

« Tu te ferais honnir, s'il ne t'arrivait pis.

« On est prudemment libre aux rives de la Seine ;

« Et non effrontément comme aux bords de l'Ismène.

* Ἱππεῖς, comédie d'Aristophane.

(9)

« Raille un abus, un vice : au défaut de censeurs,

« Certains cuistres gagés et broyant les noirceurs,

« Blâmant dans tes écrits le style et la matière,

« De chaque vérité terniront la lumière,

« Espérant t'avilir à l'œil impartial

« De l'aigle qui nous guide et qu'ils connaissent mal.

« Quiconque marche seul trouve plus d'une entrave.

« Je n'affecterai pas l'audace d'un faux brave,

« Ni l'orgueil des pédans qui se font détester

« D'un monde qu'en leur coin ils pensent régenter :

« Je n'appellerai pas ta Muse, de la Grèce,

« Pour piquer notre honneur qu'engourdit la mollesse.

« Souvent le ridicule et le vice moqués

« Sifflent un noble auteur qui les a démasqués;

« Et par fois la bonté d'un avis salutaire

« Corrigea mieux les mœurs que les ris du parterre.

« Je veux, sans les fâcher, dire aux riches nouveaux

« Que tous leurs faux plaisirs sont autant de travaux;

« Qu'en leurs pompeux festins que corrompt l'amertume,

« Leur ame s'appauvrit, le dégoût la consume;

« Que dans trente maisons, dès l'heure du réveil,

« Promenés sans repos jusques à leur sommeil,

« Aucun d'eux, à travers le bruit qui les enivre,

« Ne peut goûter la vie à force de trop vivre,

« Passant de bals en bals, de desirs en desirs,

« Tous leurs jours sans affaire, et pourtant sans loisirs.

« Au grand monde peignons sa gravité futile.
« Là, de s'entr'admirer l'amusement stérile
« Attire des beautés, rivales sans amour,
« Qu'épouvante l'éclat de leur muette cour.
« Doris entre, et jetant les yeux sur la plus belle ,
« Pour se mieux consulter les ramène sur elle :
« Je vois, au feu jaloux qui les fait pétiller,
« Que son plus doux espoir fut celui de briller.
« L'orgueilleuse va perdre en folles simagrées
« Des heures que l'amour a peut-être implorées ;
« Ou dont l'amitié tendre aurait rempli le cours
« De purs épanchemens, d'agréables discours.
« Que de pas et de soins, de frayeur et de peine
« Lui coûta l'appareil d'une élégance vaine !
« Le matin la revoit emporter les regrets
« D'une inquiète nuit qui fane ses attraits.

« En son sexe pourtant j'excuse la faiblesse ,
« Plutôt qu'en ces oisifs dont la molle jeunesse
« Passe nonchalamment, lisant et pensant peu ,
« Du lit à la toilette, et de la table au jeu ;
« Qui, légers de savoir et pesamment folâtres ,
« Ruminant un dîner, vont bâiller aux théâtres.
« Demandons-leur pourquoi leurs corps efféminés
« Sont, d'un art si coquet, avec soin pomponnés.
« D'utiles agrémens ils n'ornent point leurs ames :

« Qu'ils sachent mieux aimer, s'ils veulent plaire aux femmes.

« Pensent-ils qu'un desir qu'ils viennent bégayer

« Vaut l'ardeur d'un novice, ou l'or d'un financier?

« Alceste est négligé, mais n'est point ridicule ;

« Il parle en peu de mots, mais il les articule :

« D'un galant tête-à-tête obtient-il le bonheur ;

« Il s'y conduit en homme ainsi qu'au champ d'honneur.

« Les belles savent bien, hormis les plus fantasques,

« Se prendre aux dons réels, nous juger sous nos masques.

« A quoi bon tant d'apprêts et pourquoi se farder ?

« Ne vit-on dans Paris que pour se regarder ?

« Tout respire en ce lieu les fêtes, la folie......

« Que fait ce beau penseur, plein de mélancolie ?

« Il aiguise une pointe en son grave cerveau :

« L'autre rêve un collet, ou médite un chapeau.

« Quelle foule ! on se heurte, on s'écarte, on s'attire.

« Terpsicore, au milieu d'un groupe qui l'admire,

« Montre avec volupté, mieux qu'on ne doit le voir,

« Que son œil sait languir, et son corps se mouvoir.

« S'amuse-t-elle ? Non ; la danse est une peine :

« Où régnait l'enjoûment l'art introduit la gêne.

« Parlerai-je à Phryné ? si je déclare un feu

« Dont le fifre et l'archet accompagnent l'aveu,

« Flore, avec un danseur plus léger que Zéphyre,

« Passe à travers le mot qu'on commence à me dire.

« Quoi ! ce mari jaloux cherche ici le plaisir ?

« Il se trouble.... Vois-tu le courroux le saisir ?...

« Jeune femme, tremblez ! un rustre à son oreille

« Cite l'amant futur et l'amant de la veille :

« Il maudit ses amours désormais profanés,

« Et vos baisers pour lui de fiel empoisonnés.

   « Est-ce là le bonheur que l'on poursuit sans cesse ?

« Mieux vaut-il sur un lit croupir dans la paresse :

« Peut-être de sommeil et de repos lassés,

« Sentirions-nous encor nos goûts moins émoussés.

« Nous serions plus épris des vertus magnanimes,

« Moins froidement muets aux ouvrages sublimes;

« Plus frappés à l'aspect des *Horaces* guerriers

« Que CORNEILLE et DAVID nous ont peints tout entiers.

« Les développemens d'une vaste pensée

« Ne surchargeraient plus notre force lassée,

« Et, plus qu'une action qui court vîte à sa fin,

« Athalie et Cinna nous paraîtrait divin.

« Nous n'applaudirions plus les Muses minaudières;

« Des Phébus courtisans les lyres si peu fières,

« Ni leurs vers si coulans, si clairs aux yeux des sots,

« Et dont nul heureux tour ne rajeunit les mots.

« Nos sentimens au goût serviraient d'interprètes;

« Nous saurions des rimeurs distinguer les poètes,

« Sur le prix de chacun justement prononcer,

« Sans qu'un papier du soir nous apprît à penser,

« Sans attendre à demain ce que voudront nous dire

« Ces écrivains, blâmant l'amour de trop écrire,

« Et dont la plume au moins sait produire, en courant,

« En articles par jour, deux *in-quarto* par an.

« Nos rhéteurs ennuyeux, qu'on se lasse d'entendre,

« Disent : *Corneille est grand, Racine pur et tendre,*

« *Voltaire philosophe.* Eh ! nul n'y contredit

« Qui n'a pas lu, relu tout ce que l'on redit.

« Est-ce dans les journaux qu'on fait sa rhétorique?

« Tel juge, en loge assis, gourmand apoplectique,

« Dont le vin a noyé les yeux et le bon sens,

« Eût bien rougi de voir des docteurs de vingt ans,

« De l'UNIVERSITÉ fuir l'enceinte savante ;

« Ces essaims d'écoliers, espérance brillante,

« Qui, formant à l'envi, pleins de verve et de cœur,

« Un parterre bouillant, tout esprit et vigueur,

« L'estomac presque vide et la tête remplie,

« Jugeaient d'un coup-d'œil net Melpomène et Thalie!

« Ceux-là n'ont point usé leurs momens studieux

« En des jeux éternels et tristement joyeux :

« Brûlant de s'illustrer, jaloux qu'on les renomme,

« Ils palpitent aux noms des illustres de Rome,

« Non Rome que déja corrompait Lucullus,

« Mais où brillaient, sans or, Camille et Régulus.

« Prétends-tu, dira-t-on, jeune homme atrabilaire,

« Traiter de superflu le luxe nécessaire,

« Et, nouveau misanthrope, exhaler tes humeurs

« Contre des passe-temps qui polissent les mœurs ?

«Non ; l'éclat fastueux, qu'on doit voir sans envie,

« Rend à l'État son lustre, au commerce la vie.

« Les fêtes, excitant des transports inconnus,

« Nous font mieux admirer les héros et Vénus.

« Je sais que d'un nectar qui monte à la cervelle

« Par fois en traits d'esprit la chaleur étincelle.

« Je ne préfére pas les huttes aux châteaux :

« J'aime l'or des lambris et le feu des cristaux,

« Le fracas des banquets et la franche alégresse :

« D'un Caton déridé je goûte la sagesse,

« Et plains du fond du cœur l'homme tristement né

« Qui trouve un sot plaisir à vivre infortuné.

« Mais d'où vient pour les jeux cette fureur extrême

« Qui hâte un carnaval que ne suit nul carême ?

« Quoi ! faut-il fuir l'ennui, peu sûrs du lendemain,

« Toujours le pied en l'air et le verre à la main ?

« Rassemblez-vous, dansez, mais non pas sans relâche.

« Que des heureux sur-tout la vanité se cache ;

« D'un mépris offensant le malheur irrité,

« Ne le serait pas moins d'un faux air de bonté.

« Montrez-vous généreux, simple en votre opulence.

« Le sort dans tous les rangs fit passer l'indigence ;

« Tel homme infortuné, déchu de la grandeur,

« Offusqué d'un dédain, rit de votre splendeur :

« Son esprit délicat, d'un seul trait de malice,

« De vos prétentions fait crouler l'édifice.

« Il ne peut d'un plaisant, né clerc, ou villageois,

« Sans grimacer un peu, goûter le sel bourgeois :

« Si vos biens ont plâtré votre obscure origine,

« Prenez garde, il est fin ; et dès qu'il la devine,

« Il oppose sa grace à votre ton grossier,

« Et la pauvreté noble au luxe roturier :

« Non qu'il prise son rang dans le siècle où nous sommes ;

« Car nos maux ont prouvé que le père des hommes

« N'a fait ni rois, ni grands, ni messieurs tels et tels,

« Et que nous naissons tous malheureux et mortels.

« Riche ou pauvre, en tout temps je resterai modeste :

« L'orgueil du faste donne un exemple funeste.

« On a, par soif de l'or, vingt tyrans à flatter,

« Des Crésus à servir, des Midas à vanter.

« L'opulent qu'on envie est envieux lui-même

« De qui peut l'éclipser par l'opulence extrême ;

« De dépense et de bruit il lutte en enrageant,

« Et sur son coffre-fort il se trouve indigent.

« L'or rend bientôt Vénus de Minerve ennemie.

« Quand l'or est un besoin, on court à l'infamie :

« Plus d'amour du pays, de sentimens humains,

« De cœur ni de pensée ; on n'a plus que des mains :

« Et si quelque mortel, qu'un vieux manteau décore,

« Apparaît en public, fier d'être gueux encore,

« De son sévère aspect l'opulent effrayé

« Prête de noirs desseins à son inimitié ;

« Et, lisant dans leurs yeux un mutuel outrage,

« L'un devint plus altier, et l'autre plus sauvage.

« La richesse pourtant est moins vaine aujourd'hui,

« Et quiconque a des biens, les régit pour autrui.

« Vous m'en serez garans, honnêtes parasites,

« Dont l'heure des repas attire les visites,

« Qui des Amphitryons vous moquez en sortant ;

« Répondez : leur accueil a-t-il rien d'insultant ?

« J'en sais *qu'ont enrichis le travail, le courage*,

« Et qui, de leurs trésors faisant un digne usage,

« Ont ouvert leur maison pour réconcilier

« De vieux ressentimens, qu'il est temps d'oublier ;

« Et chez qui le bon ton, l'esprit et la décence,

« De notre urbanité promet la renaissance :

« Mais de ceux que je dis, le nombre n'est pas grand ;

« Et les autres, s'il faut le déclarer tout franc,

« Troupeau vil et grossier de bêtes décorées,

« Anes chargés de sacs, boucs aux cornes dorées,

« Vrais pourceaux à toute heure et vautrés et mangeant,

« Se gorgent de dégoûts vendus à leur argent,

« Dégradent tous les arts qui sont leurs tributaires,

« Rendent l'amour vénal, les graces mercenaires ;

« Et des profusions le torrent infecté,

« De poisons corrupteurs inonde la cité.

« —Arrête ! quel courroux ! me dit ARISTOPHANE :

« Devant son tribunal, ta Muse en vain condamne ;

« Tous ces arrêts grondeurs, couchés dans les écrits,

« Sont glacés pour les yeux, et morts pour les esprits ;

« A l'exemple des Grecs, produis la raillerie

« Sous les traits plus vivans de quelque allégorie.

« Ce peintre qui d'*Alceste* a tracé les vertus,

« Ton MOLIÈRE immortel admire mon *Plutus.*

« Conduis dans la maison de sa belle Thalie

« Ce dieu que je fis voir à la Grèce avilie ;

« Ce dieu dont l'équité, l'honneur, n'obtiennent rien,

« *Qu'aveugla Jupiter, jaloux des gens de bien,* *

« Et qui depuis, sans choix prodiguant les richesses,

« Aux coquins empressés fait toutes ses largesses ;

« Qui pare aux yeux du monde un manant ennobli,

« Met aux bras de Naïs Philonide vieilli,

« Engraisse un délateur, suppôt de l'injustice ;

« Se rend maître des lois, achète la milice,

« Et, toujours encensé par la cupidité,

« Devient de tous les Grecs la seule déité.

« Mercure, mendiant au seuil de son asile ;

« Implorant un valet d'un ton bas et servile,

« Soumet à des affronts ses talens affamés.

« Plutus, prêt à rouvrir ses yeux encor fermés ;

---

* Πλυτος, comédie d'Aristophane.

« D'Athènes veut bannir à jamais la misère.

  « La Pauvreté, toujours en horreur sur la terre,

« Accourt d'un air farouche, et, d'une forte voix,

« Vanter à qui la fuit, ses bienfaits et ses droits.

« Éloigne-toi de nous ! dit l'homme avec injure :

« Quel monstre est plus hideux que toi, dans la nature ?

« Vante-toi de ce teint qu'enflamment les tumeurs,

« De nos enfans rongés par d'infectes humeurs,

« De leurs mères pleurant, la tête sur la pierre,

« Et qui, sur des grabats, sur la natte grossière,

« Aux animaux en proie, entendent en dormant

« Mille insectes leur dire en leur bourdonnement :

« —Debout ! la faim menace. —Et ta main les habille

« De lambeaux recousus où ta saleté brille,

« Nourrit d'herbages crus leurs estomacs usés,

« Et les assied à l'air sur des vases brisés.

  « —Ingrat ! répondit-elle, ah ! ta voix insolente

« Peint sous ce vil aspect la misère indolente.

« L'active pauvreté, qui chasse le besoin,

« Se fait un revenu d'épargnes et de soin.

  « Si Plutus clairvoyant, de ses mains libérales,

« Prête à tous les mortels des richesses égales,

« Qui désormais voudra façonner les métaux,

« Élever des palais et bâtir des vaisseaux,

« Tailler le cuir, filer et teindre vos tuniques,

« Parfumer pour l'hymen vos habits magnifiques,

« D'un soc laborieux cultiver les guérets ;

« Et remplir vos greniers des trésors de Cérès ?

« Privé de serviteurs, il faudra que l'on sue

« A manier pour soi la bêche et la charrue,

« Plus malheureux cent fois que si votre Plutus,

« Vous refusant ses dons , laisse agir mes vertus.

  « C'est moi qui , des humains diligente maîtresse,

« Les ranime au travail quand ma rigueur les presse.

« Plutus , épaississant votre corps engourdi,

« Appesantit vos pas sous un ventre arrondi :

« On tient de moi la force et la taille légère

« Qui dompte la fatigue et triomphe à la guerre.

« Plutus, dans les cités, endort les orateurs ,

« Et les change en muets , souvent en imposteurs :

« Moi, toujours pour le peuple éveillant leur courage,

« J'excite leur génie à prévoir l'esclavage ;

« Je donne la santé du corps et de l'esprit.

« L'honnête PAUVRETÉ vous sert et vous nourrit.

« Ne la méprisez plus ». En ces mots, elle achève.

Un nuage confus , enveloppant mon rêve,

Dérobe à mes regards Plutus et son auteur.

Je m'éveille...... et je crains de t'endormir , lecteur.

NOTES.

Page 6 :

Point de solide honneur, après soi, sans vertu.

Cette maxime me semble incontestable. Entre les bons au-
teurs, les plus sainement philosophes, entre les sages, les
plus maîtres de leurs passions, entre les héros, les plus justes
et les plus généreux, sont ceux que notre souvenir place au
premier rang. Si quelques grands hommes admirés de la
postérité ont eu des vices, ont commis des crimes, leurs
vertus éminentes les leur ont fait pardonner. Le temps
met la gloire à nu, et en découvre toutes les taches.

Page 12 :

.... des *Horaces* guerriers
Que CORNEILLE et DAVID nous ont peints tout entiers.

Les peintres d'histoire ne sont pas jugés par les dessina-
teurs d'éventails : il serait à desirer que les poètes ne le
fussent pas par des rimeurs.

On remarquera que je me ris quelquefois des faux Aris-
tarques, et néanmoins personne n'est plus reconnaissant
que moi des avis que me donnent les critiques éclairés et
impartiaux ; leur ton délicat les distingue de ceux qui, je
crois, corrompent le goût, dont ils se disent les conserva-
teurs, et qui énervent les esprits. Ces gens-là ne doutent
jamais, et dogmatisent toujours : l'homme instruit fait le
contraire toute sa vie.

Je n'ai pas osé me fier aux observations tant de fois répétées sur mon style ; elles m'ont paru démenties par nos maîtres en poésie, et j'aurais pu citer pour ma défense mille exemples tirés de nos ouvrages classiques : mais je pense qu'on doit s'appliquer au soin de bien écrire, et non à celui de repousser les attaques littéraires ; c'est respecter le public et soi-même.

Page 13 :

Ces écrivains, blâmant l'amour de trop écrire, etc.

Pourquoi ceux qui débitent des volumes en détail, ont-ils la manie de reprocher à tel ou tel auteur laborieux le nombre de ses ouvrages, et de compter ses vers au lieu de les bien lire ? Ignorent-ils que Corneille a fait entendre au public plus de cinquante mille vers ; Racine plus de seize mille, avant l'âge de trente-sept ans, et non compris ses tragédies sacrées et d'autres poésies ; que Molière a composé des comédies entières en quelques jours ; que Jean-Jacques, Buffon, Voltaire, etc. ? La Fontaine et Boileau sont les seuls de nos bons écrivains qui aient peu produit. L'un est négligé, l'autre correct, mais tous deux pleins de raison, de feu et de couleur : ils vivent. Que concluront nos dissertateurs de ces exemples si divers ?

Ajouterai-je, pour déconcerter les promptes décisions de l'ignorance, que Milton ne fut pas lu de ses contemporains, et que l'on s'arracha les ouvrages du poète érudit dont furent si solennellement célébrées les obsèques, et pour qui j'ai composé l'éloge funèbre que voici :

> Le grand RONSARD au Pinde fit des lois ;
> Des preux de cour il chanta l'héroïsme ;
> En beaux sonnets rima son latinisme,
> Et pour Francus maints nobles vers gaulois.
> Belles du temps goûtaient son hellénisme ;
> Savant flatteur, il fut flatté des rois.
> Tant qu'il vécut, on vantait sa mémoire ;
> Que de succès et d'honneurs n'eut-il pas !
> Lorsqu'il mourut, princes, dames, prélats,
> En grande pompe enterrèrent sa gloire.

Page 17 :

Conduis dans la maison de sa belle Thalie, etc.

Molière, en peignant l'homme à grands traits, en châtiant sans partialité les ridicules des grands et des petits, mérita toute la liberté que lui laissa le génie élevé de Louis XIV, qui sut deviner le sien. Cela fait honneur à tous deux.

F I N.

DE L'IMPRIMERIE DE PLASSAN.